© 2004, l'école des loisirs, Paris
Loi numéro 49 956 du 16 juillet 1949 sur les publications
destinées à la jeunesse : septembre 2004
Dépôt légal : novembre 2010
Imprimé en France par Mame à Tours
ISBN 978-2-211-07772-9

Catharina Valckx

Coco Panache

l'école des loisirs
11, rue de Sèvres, Paris 6ᵉ

Coco a découvert au grenier
une grande boîte en carton.
Dans cette boîte, il y a quelque chose
dont il rêve depuis longtemps…

... un costume de chevalier.

Coco enfile la tunique.

Puis il met le casque
et saisit l'épée.

« Je suis parfait », se dit Coco.
« Il me manque juste un cheval.
Je vais en chercher un tout de suite. »

Il n'y a pas un seul cheval à l'horizon.
Mais Coco aperçoit au loin son ami Paluchon
qui dort devant sa maison, comme d'habitude.

« Bonjour, Paluchon. »

Paluchon ouvre un œil.

« Je suis un chevalier », dit Coco. « Est-ce que tu veux bien être mon cheval ? »

« Ton cheval ? » demande Paluchon, « mais je suis un chien ! »

« Je sais bien », dit Coco. « Mais ça ne fait rien, on dira que tu es un cheval. »

« Ah bon », dit Paluchon. « Alors, d'accord. »

Coco enfourche sa monture et ils se mettent en route.

« Qu'est-ce qu'on va faire ? » demande Paluchon.

« On va faire ce que font les chevaliers », répond Coco,

« on va attaquer l'ennemi. »

« Quel ennemi ? » demande Paluchon, un peu inquiet.

« Le grand méchant loup », déclare Coco,

« celui qui mange les enfants. »

Paluchon s'arrête net.

« Le grand méchant loup ? Mais tu es

complètement fou ! C'est bien trop dangereux !

Si c'est ça, je rentre à la maison. »

« Bon, bon », dit Coco. « Oublions le loup.
Nous allons attaquer madame Lavache. »
« Madame Lavache ? Mais pourquoi ? »
« Parce que c'est un monstre. Regarde comme elle crie
après ses enfants. »
« C'est normal », proteste Paluchon, « ils sont
insupportables, ces petits veaux. Ils font des bêtises du matin
au soir. Si tu veux attaquer une brave mère de famille,
moi je rentre. »

« Bon, d'accord », soupire Coco.

« Oublions madame Lavache. Nous allons attaquer
cette vilaine souris. »

« La petite, là ? » s'étonne Paluchon. « Mais c'est Josette Tutu. »

« Les souris sont des sales bêtes », explique Coco,

« elles se faufilent dans les maisons, et elles grignotent
dans les placards. »

Paluchon se fâche : « Josette Tutu est une très gentille
petite souris. Si tu oses lui faire du mal, tu auras affaire à moi.
Et je rentre pour de bon. »

« Alors », demande Paluchon, « qu'est-ce qu'on fait ? »

« Je ne sais pas encore », dit Coco. « Il faut voir. »

« Tu permets que je fasse un petit somme, en attendant ? »

« Ah non ! » gronde Coco. « Tu ne vas pas dormir !

Tu oublies que tu es un fougueux cheval de bataille.

Si tu veux, tu peux brouter un peu d'herbe. »

Paluchon fait la grimace : « Non merci ! »

«Tu vois le seau, là ?» dit Coco.

«Oui, un joli seau», répond Paluchon.

«Joli ? Ce seau a le culot de nous barrer la route.
Il est en plein milieu du chemin. Attaquons-le !»

«Si ça peut te faire plaisir», dit Paluchon. «Je dois courir ?»

«Évidemment !»

Paluchon s'élance au petit trot.

« À l'assaut ! » crie Coco.

Il frappe le seau d'un grand coup d'épée.

« Prends ça, gros tas de ferraille ! Ça t'apprendra
les bonnes manières ! »

Le seau se renverse et son contenu se répand sur le chemin.

« Qu'est-ce que ça veut dire ? ! » crie une très grosse voix.

Coco et Paluchon se retournent : le grand méchant loup
se dresse juste devant eux.
Il est encore plus grand que Coco ne l'imaginait.
Terrifié, Coco s'envole.

Il a si peur que ses pattes tremblent.
« Mon Dieu », se dit-il, « le pauvre Paluchon !
Le loup va le manger !
Je dois voler à son secours. Je ne dois pas avoir peur.
Je suis un vaillant chevalier. »

Coco prend son courage à deux mains :
« Loup », dit-il, « laisse partir Paluchon
et prends-moi à sa place. Paluchon est vieux
et plein de poils. Ça ne va pas être bon.
Moi, je suis encore jeune et appétissant. »

«Je te mangerais volontiers», dit le loup
en se léchant les babines, «mais ma femme
me trouve trop gros. Elle m'interdit de manger
autre chose que des fruits. Pourquoi est-ce que
tu crois que je me fatigue à cueillir des mûres ?»
Coco n'ose pas le croire. Le loup mange des fruits !
«Ramassez-moi ça», grogne le loup. «Et après, filez !
Vous me donnez faim, tous les deux.»

«Je suppose que tu es fâché», soupire Coco.

«Pas du tout!» s'écrie Paluchon.

«Tu es revenu pour me sauver, Coco.

Tu es un vrai chevalier. Allez, remonte sur mon dos.»

Coco est ému. «D'accord», dit-il,

«mais on ne va plus attaquer personne.

On n'a qu'à dire que c'est la paix.»

Ce soir-là, pour la première fois,
Paluchon n'a pas sommeil.
Ce n'est pas tous les jours qu'on est le cheval
d'un grand chevalier.